KB120614

우리는 따로 서 있다

시작시인선 0395 우리는 따로 서 있다

1판 1쇄 펴낸날 2021년 10월 28일
지은이 오유정
펴낸이 이재무
책임편집 박은정
편집디자인 민성돈, 장덕진
펴낸곳 (주)천년의시작
등록번호 제301-2012-033호
등록일자 2006년 1월 10일
주소 (03132) 서울시 종로구 삼일대로32길 36 운현신화타워 502호
전화 02-723-8668
팩스 02-723-8630
홈페이지 www.poempoem.com
이메일 poemsijak@hanmail.net

ⓒ오유정, 2021, printed in Seoul, Korea

ISBN 978-89-6021-589-4 04810
         978-89-6021-069-1 04810(세트)

값 10,000원

*이 사업은 대전광역시, **대전문화재단** 에서 사업비 일부를 지원 받았습니다.

우리는 따로 서 있다

오유정

천년의시작

시인의 말

유난히 더웠고 이제 가을이다
오랫동안 써 온 시를 묶는다
올해 나의 시가 기쁨이다

2021년 10월
오유정

차 례

시인의 말

제1부 오늘의 냄새가 극적인 거기

엄마의 돌담

어느 초여름이었던 것 같아, 함께 자라던 돌덩이 몇몇 있었어 햇살에 꽃송이 두드러지듯 하나둘 늘더니 담장 하나 내게 선물했어

가끔씩 고만고만한 철부지 욕망에 시달리곤 했어 철새가 될 순 없을까 돌담에 부리를 닦고 떠나는 그들처럼, 돌 하나에 발자국 하나 날 품었던 돌의 품을 빠져나가는

엄마는 자신의 아랫돌을 빼내 내 청춘에 괴어 주곤 했어 그렇게 쌓아 올린 내 생의 부실한 건축

나는 돌 틈새로 바깥을 바라보기도 해 엄마는 돌을 키운 걸까 심장이 뛰고 간혹 꿈을 꾸기도 하는 빛, 그들을 머금은 돌에 꽃이 피어오르기도 하는

사진

카메라 재생 버튼을 눌러 보아요
웃는 옛 모습이 어색해 자꾸 삭제 버튼을 눌러요

혼자선 복원할 수 없는
피부와 표정 속에 묻은 지워지지 않는 사진들

그때 그 새와 갈대가 바람결에 절름거리는
한 줄기 강물의 토라진 선언과 함께
내 움푹한 눈과 귀로 흘러든

구애, 이건 네게 맞아
혹 이별 그건 늙은 가방 속에 빛바랜 액자
이런저런 수다를 떨어 봐
늙지도 젊지 않을 수도 있을 거야

버튼을 누르지 않아도 현상되던 약속들
내가 강가에서 건졌던 질문들
카메라에 하나둘 포개 놓았던 이야기들

발등의 실핏줄에 얽혀 있던

카메라의 기억은 몇 광년의 여행을 떠난 걸까

버튼을 누르면

와르르

벽 속의 너와 내가 문득 수다를 멈춘다

안단테, 안단테 그러다가 포르테

등에 얼굴을 묻고
흔들리는 척추를 따라가다
눈물을 받아먹는 물고기 되었다

둥글게 휜 숨결
새벽을 여는 발소리 추운데
말갛던 이슬 시퍼런 자갈 되도록
둥지를 뜨지 못한 새들
품었던 숨소리 겨우 날려 보내는

누가 파헤치고
누가 쌓아 올린 걸까
물과 돌
참 곤란한 탑 하나
별빛 의미심장한 물속을 빠져 나오는데

골 깊은 이마의 골짜기가
스쳐 지나는 빛을 머뭇거리게 하는

내 노래는

두런두런 블랙홀에 맺힌 물방울

몸속 수맥을 따라
발굴되지 않은 어둠을 한 올씩
휘감듯 뽑아내는 것
그러다가
물방울 터지는 내력 뒤쫓는 것

그때 그
잘 익은 과일 한 개 터뜨리면
먹어 본 적 없는 길이 열리곤 했지

과즙이 뚝뚝 흐르며
맨몸을 다 적시는 눈물의 맥을 짚어 내곤 했지

젖은 등

당신은 빛을 잃은 나를
마치 해이듯
등에 업고 길을 나서지

낙타가 된 당신
단봉 속 당신 출렁이는 소리

어둠일까 낮밤의 얼룩일까
나는 한 마리 어린 낙타
자고 나면 혹의 깊이
한 뼘씩 깊어지는

오늘 아침은 당신이 축축해
단봉 속 날 터뜨린 걸까

가시뿐인

광대뼈를 골목에 던진 이후
나는 바로 서지 못했다
붉은 가시가 돋은
날 세워 주던 손길에
그 몸의 가시가 내게로 옮겨붙은

무심함의 깊이가 남다르다
당신이라 불렸던 골짜기
먹먹한 가시로만 남은 나는
바보거나 어린아이
바보와
아이의 골목이 가시로 뒤덮이고
공기도 호흡도 따가울 뿐인
한 줌 골목
입술이
발걸음이 따갑다

눈꽃을 세우다

길 위에서였다
'설렌다'는
뜻밖의 감정을 만났다
오랜만이듯 처음이듯
어쩌면 아주 낯선 향기이듯
살며시 만져 보았다
창문이 빨개졌다
함박눈에 묻어 두었던
꺼낸 적 없던 그 말
냉담에 들었던 마음 온도가
손가락 끝에서 살아났다
정체 모를 감정
붉어진 체온 창틀에 붙이는
손 마디마디가 부푼다

향기는 그리움
움트는 생명체들이
겹겹 껴입었던 눈옷을 벗어 던진다
접어 두었던 길을 펼쳐 보면
아직 하지 못한 말들

춥다 그립다
하얗거나 노랗다

숲의 밀입국자

언덕에 올랐다
가쁜 숨을 몰아쉬었다
숲이 펼쳐졌다

소복이 쌓인 어린잎
바람이 새 그림자를 이끌고 온다
다시 한 번 '울렁'이는 시계視界

모르는 눈 하나 숲으로 이끈다
아는 나무는 색맹이었고
그네에 매달려 있다

나는 숲의 밀입국자
눈빛으로 숲 사이 길을 낸다

그러나 다 알고 있다는 듯
만난 적 없는 그의 두 눈 사이
점점점 공중에 섞여 버리는

연대기의 경계를 넘은 숲의 농도

이제 거뭇거뭇하다
밤이면 색깔을 찾을까

오래전 때죽도 그네도 그랬을 것
풍경 한 벌
저녁 어스름에 묶이더니
불이야 불
봄날의 그네가 타올랐다

바구니 속 주름

당신과 함께 고사리를 손질할 때였어
지난날이 더듬어지듯
고사리를 채운 바구니가 설레곤 하던

해가 떨어지던 그리움의 저 안쪽
나를 저미며 지나가는 에움길 하나
기억은 꼭
시간을 알 수 없는 밤 열차에서 내리곤 했지

지금 주름에 젖은 그 손이
한 번쯤 어린 고사리를 닮길 바랐지만
이제 깡마른 당신은 부풀지 않아
몇 번을 복제해도 당신은

바구니 속 돌돌 말아 두었던 계절을 꺼내면
맺혔다 사라지는 꿈처럼
가는 손가락에 갈퀴처럼 돋는 고사리들

그를 알려면 그를 꺼내야 해

＞
바람이 경계를 무너뜨리며 지나가는
당신을 채우고 나면 나는 매번 희박해지지
삶은 고사리의 자맥질같이

나란히 눕다

돌아누웠다
얼굴이 바닥에 닿았다

오늘의 냄새가 가장 극적인 거기
보는 힘을 다해
평범한 높이까지 바라본다
거기서도 구체적인 먼지

기우는 방바닥이 찰싹
내게 달라붙는다
먼지로 먼지를 밀어낸 다음
되도록 가지런히 누워 본다
고만고만한 몸들
집이 기울면
잠도 바로 못 자지

누가 스위치를 내린 걸까
또렷했던 얼굴
입 다문 그의 일상은
나 몰라라 배회 중

>
건널 수 없는 깊이
그를 향해 방바닥을 자맥질한다
그러나
나태한 내 영역을 벗어나기 어렵다
손 따로 발 따로 치명적인

사과꽃 피는 냉장고

좁은 방에 낡은 냉장고가 찾아들었네 어느 집 짜디짠 양
념에 짓물렀는지 산란 임박한 연어의 물무덤처럼 출렁 조바
심을 치는데 어떻게 이런 음식으로 생을 버텼는지 뽀독뽀독
3배 식초로 안팎을 골고루 닦아 주었네 간장과 소금 고춧가
루만으로 무친 반찬만 먹었는지 혓바닥을 빼물며 냉수 온수
를 번갈아 들이켜는데

어느 혈을 짚어 가며 해독을 해야 절었던 입맛을 되찾을
수 있을까 애간장을 태우고도 묵묵할 따름인데

잠시 낡음에 기대 보네 뚝뚝 오래된 호흡을 떼어 내는 소
리 새 호흡으로 갈아 끼우는 소리

제2부 떫고 쓴맛 혹은 단맛

샤콘

상실은 변증법으로나 들어야 할 고백
끝까지 듣고 난 후엔 슬픈 나무가 된다고 했다

그러니까 반반 메뉴 같은

손목만 남은 너의 키보드가 울먹일 때
네 기억을 증명했던 지문은 어느덧
나이테와 동의어로 불리고 있어
팔을 따라 온몸으로 양팔은 옹이가 되어
작동 멈춘 공기층을 응축하며 글썽이고 있지

나무를 심듯 따뜻하고 촉촉한 팔을 심어 봐
깎으면 더 붉게 도드라지는 손가락을 닦달해
키보드를 두드려 봐

숙소를 반로 삼은 적도 있지
편지 한 통 햇살에 띄우곤
풀리지 않는 화음에 불을 끼었던 시절도 있었어

기억 속 옛 선율들은 가끔
처음 만나는 벽안의 이방인 같기도 하다니까

화살

느티나무 옆을 지난다
과녁이나 될까
유언 한마디 못 했는데
마지막을 빼닮은 말들이 목 근육을 옥죈다

목숨은 위에서 아래로
찬밥 덩이처럼 삼켰던 말과 말들
당신의 유언장을 추천하기로 할까

느티나무에 등 기대면
휴식이란 이름의 또 한 그루
오늘은 당신과 내가 평행이다
아무 일도 벌어질 것 같지 않은 한낮

수화를 빌려
이성계의 활을 재촉한다
독 묻은 화살을 날린다
나무는 피하고 당신에게 명중했다
물끄러미
스러진 발자국을 내려다본다

봄날은 갔다

십 년 전 어느 봄날을 떠올리며
우리는 마주 앉았어요
처음 만난 그곳
우리 집에 왜 왔을까 지껄이며
오래 엇갈렸던 웃음을 맞추고
함께했었던 사람들도
이야기 갈피마다 끼워 넣었지요
찻잔은 궁금하다는 듯
둘의 시선 사이로 끼어들곤 했지요
떫고 쓴맛 혹은 단맛
흠흠 우리의 향기에 취하기도 했지요
지루하지도 즐겁지도 않은
창밖과 시계의 변화들
찻잔 속의 매화 꽃잎은
우리들의 대화 속을
느리거나 빠르지 않게 빙글빙글
시간의 생존을 위해 마신 차를 또 마셨지요
저녁 해의 지루한 표정
우리가 절지를 했던 이별의 가지들이
말도 꺼내기 전 싹을 틔우더니
금세 꽃을 피웠더라나

비에 젖은 춘향전

들마루에 앉아 빗방울을 보네

탁탁 빗줄기
제가 고수인 양 북을 두드리며 오네

고수의 북채에 추임새의 어깨가 들먹일 때
구릉 저 너머로부터
첫 마당을 몰고 오네

두두둑 춘향이를 소환하는 빗줄기
책장 사이를 잡아매어
그네 한바탕 밀어 보네
책장 넘기는
춘향이 껍질이 어지럽다네

책 속에서 너덜너덜해진 춘향이 피어오르네
이야기는 바야흐로 물안개
비의 무릎에 앉아 경청하는 계집아이

들마루의 고수 빗방울 한 벌 차려입는데

그날 퍼붓던 비는 동편제

그들먹하게 울려 퍼지는 빗줄기의 득음

구름이 이끼 될 때까지

멈추질 않는데

두루마리 사용하기

벽 속으로 사라진 너를 위로하며
풀기와 끊기를 반복하던 두루마리
꽃다발 그러안듯 내가 만지네

톡톡 끊어져야 할 마디마디지만
툭툭 한 마디 또 한 마디
너의 지루한 마디처럼 굴곡이 없는데
그보다 더 어려운 그것
잘 풀리는 집의 무늬가 함부로 젖지 말아야 할 그것
너보다 먼저
물결의 중심으로 스러져 버릴

그러다가 바스락거림도 없이 저물어 버릴
겹겹 화장도 않은 자태를 말아
누군가의 몸 향기와 더불어 익사할 것 같은

나는 애인을 찾기 위한 그냥 여자
너는 올해도 그냥 지나가는 남자
몇 겹의 참을성으로 구성된
한꺼번에 스러질 수 있는 적이었다가 동지였다가

\>

어쩌면 그것은
마디마디로 연결된 순결

그날

관 뚜껑을 단단히 잠갔다
한 번 더
축축한 흙으로 눌러 덮고는
무덤의 열쇠를 계곡 멀리 던져 버렸다

주검을 비집고 나온 깡마른 기침들
남천 잎 근심의 빛깔을 한 뼘 더 높여 놓았다

죽어서야 꿈틀대는 변이였다
살아 있는 무신경
달콤 로맨틱한 죽음은 없노라며
안정의 모자를 씌워 주고 다독였다
켜켜이 묵은 지층
생사의 편에서 읽은 거라 덧붙였다

몇 개의 행성이 봉분에 내렸다
정수리든가 관절 부분이든가
버린 사람들의 표정을 닮은 바람이
앙상한 뼈로 뒹굴었다

>

성대한 결혼식 혹은 부유한 장례식

앓다 깨어나길 몇 번

죽어도 거듭 죽은

두려움의 골이 깊어만 갔다

밥을 위하여

얼마나 낯설기에 위장은
흰죽처럼
바닥이 뵈질 않을까

오늘의 양식을 위해 구름을 빌린다
맵거나 혹은 짜게
입맛을 달래 보지만
뭉게뭉게 식도에 쌓이는 없는 맛들

위는 거품이다
입 하나 더 위 하나 더 가진 것
떨어진 입맛을 주워 담으려 나는
양식이 되었다가
한식이 되었다가
모래알로 지은 밥까지

식탁에 앉으면
전처의 자식처럼 배가 고프다
마주 앉은
저 기름기 자르르한 고등어자반

저놈의 반반함을 빌미로
설거지에 부려 먹어야 한다

가출한 식욕
희멀건 구름 한 그릇 모시고
철야 기도에 들까나

풍등

어둠이 눈에 고인다
힘껏 출렁거려
모두를 비춰 주고 싶은

붙어 있지만 따로 서 있는 우리
너는 누웠고 나는 엎드려 있다
찾지도 않은
릴리트의 기척만 어른거리는 하루

처마 끝 옮겨 심은 산딸나무
꽃등을 해산했다
불 밝힌 행렬이 공중에 도란도란
읽을 수 없던 네 뒷모습이
잠깐씩 떴다 진다

그때 그 이야기들
상형문자로만 남은 지금
우주가 더 커졌다
죽은 네 발자국이 점점 작아진다

등뼈

어깻죽지를 헤아려 보니
오른팔이 더 남는 당신
어떤 징후를 예고하려는지
돋아나 줄어들 줄 모르네

늙은 요리사의 짝짝이 팔
단골집 여자가 수선을 하네
사람은 그대로인데
칼날의 낙하를 목도한 도마의 깊이가 남다르네

가위질이며 바느질이며
기울거나 늘어났던 팔이 관계 회복에 들었네
수선집 여자 달맞이꽃처럼 피어나네

팔이란 짧거나 길지 않게 팔답게
칼과 도마를 펼쳐 놓고
생선의 마지막 한 벌을 수선하는 늙은 요리사

오목거울

저 조용한 거울 속
누가 입술을 빠뜨린 걸까
우물물 한 모금 달빛처럼 물 냄새가 난다

우기를 예감한 지 오래
입술에 묻은 침방울의 철학
또 한 차례 공중의 눈금을 읽는다

우물에 뜬 거울이 오목하다
물밑으로만 걷던 목마른 가슴
넘치는 강의 범람을 부르는데
일기예보는 사막을 여행 중이다

건기가 한창인 등을 곧게 곧게
우직한 근육을 덧대면
이젠 더 기울지 않아
응답하는 오지의 비탈리 샤콘

오목한 내가 거기 서 있다
황새와 같이 오목하고 멀뚱하게

\>

명치 끝에 네!

물음 끝에 네!

지우다 멈춘 학의 날개가 흐릿하다

손톱에 잠긴 달빛

상처에도 날개가 돋더군
창문이 환히 열릴 때면
손톱 거스러미마다 가닥가닥
웃음 보푸라기 날리지

우리는 네일 폴리시로 얼룩덜룩 그린
열린 성장판을 닮았어
손톱 위 초승달도 함께 자라던
깨진 손톱 위 뛰놀던 아이들이 있지

엄마는 그때
당신을 다듬고 있었지
시시때때 찾아드는 현기증처럼 그렇게
우리의 밤낮을 휘청이게 했었지
상처를 꿰매는 게 하루 일과라면
당신 손바닥은 여전히
손톱 비집고 나오는 생인손의 미소

우리가 살던 집을 기억해
우리의 그림 모아 지은 집

지붕 위에 올라 옷자락을 흔들면
조용히 고이는 하루
가늘고 긴 손톱달

제3부 물 향기 하늘하늘 스텝을 밟는

타이레놀

그가 이끌리듯 웨딩홀의 리듬과 어긋난 걸음걸음을 신부에게 내맡겼다 그를 떠받친 건 카펫에 깔린 흰 꽃의 무리, 고가의 부케에선 이십여 년쯤 묵은 국화 향기, 그의 진통을 깨달은 하객이 일제히 구름 박수를 보냈다 때에 따라 슬픔도 조명 빛을 받는 것처럼 낯선 것들도 가끔 일부러 빛을 발하기도 하나 보다

짧은 순간 그가 문득 젊은 날의 일상으로 역주행했다 하객들이 파도처럼 출렁였다 물결 뒤로 모습을 드러낸 그가 힘센 적을 만난 듯 딸의 손을 넘겼다 손바닥 가득 밴 딸의 향기를 움켜쥔다 허탈한 껍데기로만 남은 그가 휘청거렸다 카펫 바닥에 진한 통증 한 마리 쓰러졌다

회오리 계단

빙글빙글 돌아야 계단이다
밟으면 출렁거려야 계단이다

핑크빛 창문 밖에 서면
흔들리는 마음
누가 설렘을 입힌 걸까
이미 중심 잃은 발자국들이
계단을 유랑한다
소용돌이에 휩싸인다
눈동자가 쏟아질 듯 위험하다

비틀비틀
공중을 걷는다
바꿔 말하면 공허다
벗겨져 뒹구는 신발짝에
도시의 개펄이 묻어 있다

신발의 주인을 찾습니다
그러나 주인은 없습니다

>

디딜 곳이 없다
지상의 계단은 만원이다
허공을 걷기로 한다

어떤 파산

서점을 닫고 자물쇠를 챙긴다
먼지 쌓인 책들 위로
어제보다 허름한 저녁이 찾아들 것이다

돼지 한 마리 잡는다
반쯤 채워진 배 속
덜 채워진 공복이 달랑달랑
사소하게 치부했던 동전 한 닢의 철학을
알라딘의 램프로 정정한다

날 아는 것들과 동전을 나눈다
떨어뜨린 동전을 줍는 몸짓이 구른다
한 닢 코끝에 대 본다
동전 한 닢의 무게에 방이 기운다

모르는 사람들의 지문 냄새
살아남은 동전들
묵은 귀 감은 눈
열리는 소리
열려라 돼지 저금통!

활주로

비행기를 접었는데
도움닫기 할 바람이 없다

날다
몸체에 새겨진 글씨 희미해지고
비행이 의심스러워지는
떴다떴다 비행기

자동차를 비행기로 착각한 걸까
생의 굳은살처럼
예민한 프로펠러가 없다

삐뚤삐뚤 접힌 마디 곧게 펴
노를 저어야 할 것인가

구겨지는 내 하늘길
날개와 바퀴가 뒤엉켜 있다

사활

잠에서 깨지 마라
방이 모래에 묻혔다

오늘부터 내 사물의 몸은
모래로 지은 것들
싫증 나면 손바닥으로 쓰윽
그러면 나도 모래 알갱이

모래를 막고 꼬박 밤을 샌
허기는 벗어 팽개친 주름을 닮았지
모래로 지은 바지와 티셔츠
지워져 바닥을 뒹굴면
모래알 내 눈에선 모래알 눈물

벽에 걸린 거울에서 뛰쳐나온
낙타 한 마리
숨 쉬면 쏟아지는 모래알
발굽에 매달린 사막이 슬퍼져

모래 속을 뒹굴다

바람 불면 날아가 살고 죽는
참 특별한 상황의 일기

심장에 갇히다

무엇이 기울고 있는 걸까
손잡이를 돌리고 비틀어도
속내를 보이지 않는 문이 있다

여린 심장을 위해 닫아 놓은 문
한 번도 열린 적 없다 했다

저 말고 비치지 않는 거울처럼
안으로 안으로만
온몸으로 두드려 보는 것이었으나
손마디 끊어져 나가는 소리

새 한 마리 파르르
심장 안 새장 속에 깃들었던
여린 날개로 비상을 꿈꾸었으나
닫힌 광경만 보고 자랐을
비루한 털이 바로 경계심의 증거
화들짝
심장 속 고요가 탈주를 목도한다

\>

몸뚱이만큼 커진 눈으로
둥지의 바깥을 두리번거린다
더 이상 머뭇거릴 명분은 없다
심장의 중심에 촛불 하나 밝힌다
어디든 겹겹이다

헛꽃을 안고

그녀가 누워 있다 꽃잎처럼

내 식탁에
내 찻잔에
간을 맞추느라 오르내리던 분주함을 내려놓고

숨소리가 빽빽한 문틈으로
저음의 중얼거림이
그녀 그을린 화음들이 흘러나오고 있다

백 년을 고였던 숨결
가지 끝에서 잠시 피었다 지고
피었다 지는

물관을 따라 이어지는 안개 길
가늘게 혹은 세차게 수맥은 저 혼자 풍요롭다
여린 눈빛으로 잠시 나를 보고 있다
투명한 어항 속 물길이 중심 이동을 한다
그녀의 물 향기 하늘하늘 스텝을 밟는

메아리 1
―옷을 흘리다

마당에 아차 주저앉았을 때 봄볕 휘휘 목을 감고 머리채
를 당기고 정강이도 잠시 부풀다 가라앉고

그늘을 찾아 달아나려던 나의 발목이 잡혔다

엉거주춤 옷이 흘러내렸다

한 꺼풀 벗겨질 때마다 살 그림자 점점 야위어 가고

햇살 시나브로 제풀에 지칠 때 묵은 몸 땅바닥으로 스며
들었다

혼자 허우적허우적 키는 줄어들어 알몸의 다섯 살

햇살을 오독했다 이마에 근사한 불길이 일었다

메아리 2
—무릎

목을 닦는다
거울 속 그녀도 목을 닦는다
그녀의 종기는 아물었는데
거울 속 그녀의 종기에서 고름 흐른다
안팎이 다르다

곰팡이 가족 주거지는 아랫목
엉덩이를 긁던 손톱이 또 가렵다
뼈뿐인 참상
긁을 게 없어 또 서럽다

무릎에 슬었던 눈물
위로 거슬러 오른다
무슨 씨앗처럼
방 안 가득
곰팡이 피우고는
거울 속 그녀의 손 빌려
거울 밖 흉터를 다독인다

무릎이 완성되기까지
흐물흐물 흘러내리는 오늘의 몸

메아리 3
—그림자를 키우다

몸에 그림자 드리운 날
얼굴 가득 잡초 무더기 자라더군
백 년의 가뭄에도 저 혼자 촉촉하던 피부
물을 빨고 흙을 씹는 뿌리의 집요함

잡초 밭을 접수한
모기는 모기대로
풍뎅이는 풍뎅이대로 드나드는
창문의 크기는 다행히 획일적이지 않아
모기장에 물려 죽은 풍뎅이 다리는 푸르렀지
잠 깬 내가
다리 잘린 풍뎅이로 변한 줄 알았어

몸 그림자가
풀잎 한 장 덮어 주며 충고했어
뿌리로 살래 잎으로 살래?

악몽이 시작되고
안주하던 내 별 밭은 멀어져 갔어
잠깐의 안녕도 없이
빛으로 빚은 한마디 말없이

메아리 4
—생일 고르기

생일이 언제예요?

우린 다발로 생일을 맞았다 접시처럼 지갑 속처럼 포개
졌다 덤으로 달라고 안 했지만 파리바게트 케이크에 초를
꽂았다

우리는 맘대로 생일을 정한 적 없다 어디엔가 오늘이 생
일일 뿐인 이들을 기리며 촛불을 켰다 초콜릿을 뒤집어쓴 케
이크처럼 쌉쌀해지고 어두워진 우리, 그 노래는 생략했다

각자 스스로를 축하했다 촛농이 흘러내리기 전 얼굴에 붙
은 불빛을 떼어 냈다 어둠에 그을린 우리의 얼굴들

방 안 가득 생일 타는 연기가 휘돌았다 접시를 펼치고 나
이프를 드높이 각자의 축하를 잘랐다

가을은 머리카락에 떨어지고

머리카락이 흘러내린다 흐름을 멈추는 즉시 민머리로 태어날 것이다 가위는 강물을 닮았다 출렁이는 가위의 손잡이

강의 조각을 하나씩 물고 새 떼가 날아간다
헤어숍 거울에 고인 강의 자화상이 붉은데
머리카락을 자르려다 머리를 잘랐다 그림자의 소행이라는 헤어숍 스태프의 변명

빨강 파랑 노랑 머리카락 주문을 받습니다 창문을 두드려 주세요 핸드폰을 열면 가을바람이 흘러나왔다 바람이 바람을 쓰다듬는다 부득이 창문을 못질한다

헤어숍을 나선다 거리는 여름을 벗어 가로수에 걸어둔다 똑똑똑 가로수 아래 모여드는 가을의 변방들

노랑 빨강 파랑 자동차를 매단 머리카락이 창에서 나부낀다 아이비 잎이 떨어지면 헤어숍 그녀도 닫힐 것 머리카락 속으로 숨어들 것

조용한 건축

또 한 번 생을 매조지한 듯
굵고 깊게 접힌 자세

기둥과 지붕 마루와 천장을 망라한
굳은살 깎아 지은 비망록
갈라진 마디가 또 갈라진다

세월이란 상처의 다른 말
안채 여기저기 그것들이
구부러진 숨을 쉬고 있다
머리로 못을 박자
밤새 끊이지 않던 기침이 멎었다

벽은 조용해서 벽
옛 방랑자는 면벽으로 안정을 찾았지

개 짖는 소리
어둠의 귀퉁이를 물어뜯는다
손바닥에서
집 한 채 걸어 나온다

터미널 풍경 하나

터미널 기사식당 출입문 곁에
핸드카를 기대 놓고
기사들 사이에 끼어 밥을 먹던 그녀
천진한 저녁달처럼
어쩌면 핼쑥하기도 한 가방을 열고
내가 입어 본 적 없는 옷을 판다
출발을 기다리는 막차처럼
술 취한 사내의 끈적한 졸음처럼
아무도 사지 않을 고단함을 팔고 있다
어둠을 비집고 들어온 바람처럼
터미널 한 귀퉁이
한 그릇 밥을 숭배하듯
속 드러난 가난을 팔고 있다
웃음도 슬픔도
비닐봉지처럼 구겨진 마음을 판다
알 수 없는 희망까지도
그녀의 하루가 가끔 봉지에서 피어나면
따뜻함이 찬 바닥을 흠뻑 적시는 하루
저 검은 비닐봉지 속에 담겨 있는 걸까
누렇게 빛바랜 내 발자국이
내 창을 기웃거리는

바닥에 살다

남편이 달린다
바닥에 벨트를 걸어 놓고
넘어지듯 달린다
벨트에 착 달라붙은 양발
뒤질세라 뒤쫓는
우리나라의 길바닥

발은 제가 길인 듯 멈추지 않는다
때때로 도시를 멀리한다거나
긴바지에서 혹은 반바지로
풍경들은 숨 가쁘다

푸른 수염 위로
흰 수염이 덧 자랐다
땀방울이 기록하는
그 남자의 과속

도시가 달린다
영양 결핍 애정 빈곤이 뒤따른다
우리 동네가 소란스럽다

제4부 우리는 거침없이 감염된다

눈물이 사는 법

그러니까 눈물은

물비늘이 물을 밀듯이

슬픔이 절벽 끝을 오래도록 서성이듯이

허기가 달라붙는 골목마다 마침표가 열리듯이

아픔이 남의 탓으로 재발하듯이

어긋난 약속을 맺은 손가락을 잘라 내듯이

온몸에서 주룩주룩 물이 새듯이

식은땀이면 어때 절반쯤은 미쳐 가듯이

맨살로 맞는 저녁

족보 없는 식당
주인 부부의 손과 손엔 빈 수저

오지 않는 손님들 모두
보지 못한 짐승의 그물에 갇혔단 소문
메뉴판의 민망한 저녁 먹거리가
부부의 빈 지갑에 얼굴을 돌린다

달빛 부서지면 한층 가벼워지는 어둠
쓸쓸한 것들의 매무새는 처음 그대로다

부부의 시선은 앞서거니 뒤서거니
수심으로 만원인 테이블을 오락가락

세상의 모든 입을 왈가왈부하던
배터리가 방전된 걸까

구석진 테이블 한편
부부가 차림표에 없는 식사를 한다
채우지 못한 도시의 사납금

떠돌이 고양이와 눈이 마주친다
비루먹은……

황등역

  희미해진 불빛, 역 근처 석공의 망치 소리에 호남선 열차
가 탄력을 받는다 기적 소리와 망치 소리가 처마 끝에 대롱대
롱 매달려 있는 역사驛舍

  먼지 뒤집어쓴 맨드라미와 돌 쪼개는 소리에 귀청을 털던
  맞이방을 빠져나오는 사람들 손에 망울망울 새 소식이 들
려 있기도 하던
  꽃샘추위가 찾아오면 더욱 누렇게 마을을 바라보던
  돌 틈을 비집고 나오는 파릇한 새싹을 찾기도 하던
  침목과 침묵 사이, 기적 소리의 파편들이 선로 위를 구르던
  자갈들이 잠시 불빛을 당겨 몸을 달구어 보기도 하던
  열차 한 량이 지나가면 역무원이 개찰구를 닫고 역사驛舍를
살피던
  조금은 둔탁한 손으로 역무 일지를 적어 두던
  애처로운 마음이 구석구석에 쌓이던
  마른 가지가 빛바랜 소리를 내어 가느다랗게 떨며 맞이방
으로 찾아들던
  언 손 녹이며 사람들이 하얀 말들을 주고받던

  낡은 기적 소리 따라 옛 기억들이 서서히 자라는

봄을 닦다

잎사귀 눈에 맺혔던 찬바람 떨어진다
꽃눈 쓰다듬으며
입김 나눠 줄 때
그때 맴돌던 기운이다
뿌리가 틀어진
고집스런 가지에 부딪혀
이마가 깨진 바람
얼음 조각 같은 불안이
정수리로부터 흘러내린다
부러진 가지가 일으켜 세운
맞음과 떠남의 기호들
바람의 가슴이 울렁거린다
어린눈은 때때로 독감을 앓는다
바람과 가지가 반색하는
즐겨 반기는 그 이름은 계절
물컹한 인내를 담보로 한
어느 봄날 아침의 색다른 사상이다

넘치는 지식

연필을 굴리듯 일기를 끄적이듯
책꽂이의 책은 그대로

시간 나면 꼭 읽겠노라
금방 눌러쓴 것처럼 빨갛게 다짐하는데
어쩌다 눈길 스칠 때면
우연히 마주치는 한 권의 책
언제나 처음처럼 낯선 제목
포장지도 뜯지 않은 그것이
봉해진 입을 열어 달라 투덜거린다
읽지 않은 책은 무겁다
책을 읽자 책을 읽자 열심히 변명을 우물우물
새로 도착한 책으로 입을
꼭꼭 누르는데
아뿔싸
새로 주문한 책들이 초인종을 길게 누른다

나는 잠시만 잠깐만
새 책의 지은이가 머물 자리를 당연히 마련하겠지만
책과 책 사이 저희끼리 오가는 활자들

눈은 이미 자정인데 읽지 말고 쓸까
지은이의 고뇌는 한 시대를 증언하는데
책이 의문인 나는
책 읽는 마음가짐의 자세를 심사숙고하는데
내일은 꼭 읽겠다
머릿속 전쟁은 끝이 없다

낯선 시선

태양의 코로나가 몰래 뿌린 감염증일까 마른 조각 한 잎 입을 가리고 우리는 사막의 자갈길을 걷는다

걸은 적 없던 자갈길에 균형을 잃는 몸들이 감각의 저울을 벗어난다 기온이 시들어 간다 우리의 의중은 설마 설마 우리의 애인들은 코로나에 타 버린 걸까 오십 층 아파트도 지하의 주차장도 서로 멀리해야 하는 우린 이 미터의 격리를 즐겨야 하는 것

한껏 두 팔을 벌려 본다 팔 사이 사진처럼 끼어든 풍경이 낯설기만 하다 한낮의 사막에서도 찬바람은 불어올까 불안의 다른 말은 지우는 것, 지워야 하는 일상을 밀고 당기며 반으로 접어 둔다 불량한 또는 불필요한 바이러스와의 로맨스

옥천 처녀 헤어숍

온종일 지지고 볶는 그녀는
성공률 일백 프로의 자객을 닮았네
그녀의 검이 표적을 겨눌 때면
한 치의 어긋남도 용납지 않는 손놀림
표적은 마치
제가 맞춤형 자객인 양 흡족함으로 충만해지네
타깃의 표정마저 헤아리는 검술사의 술책
피아를 구별하지 않는 듯
거울 앞에서 머리를 곤추세우면
서늘한 기운마저 감도는 현장
그녀는 즉시 무기가 지닌 매직에 돌입하네
염색은 어떤 때깔로 맞춰드릴까요?
그녀 표적과 밀당을 시작한다
거울 앞 노파도 처녀도
묶음으로 재탄생하네
"자르고 볶습니다"
가위 모양 간판을 클릭하면
흥정이 오고 가는 현장
어수선한 생각들이
거울 안으로 오므려지는 그 순간

빗줄기의 팔다리

성장을 멈춘 것들
머리카락은 저성장이다

새치는 가뭄에 뿌리를 내렸던 것
생각의 보관함에서
가슴까지의 통로가 진창길이 되었다

자주 보이던 벌레들이 우기를 살핀다
나의 아침은 하수구를 확인하는 것
환풍기를 매일 닦고
잠자던 하마를 데려와 씻기고 물을 먹이는 것
토할 때까지
두려운 생각도 자라지 않고
물로도 지워짐 없는 계절을 쓴다

비 젖은 날들에 이끼가 낀다
물로 몸을 채우고는 물 향기에 젖어 든다
수면이 길수록 짧아지는 빗줄기의 팔다리
풍경의 지붕 위로 물그림자가 출렁인다
비가 많이 내릴 때면 줄어드는 햇빛의 수입

마술사

빙그르르 어둠이 몰려들었어
휠체어 바퀴가 짝 맞춰 굴리는 저녁

별과 달을 밟은 적 있었어

실루엣만 남은 사람들이 아스라이
둥글둥글 따라가고 있었지
재잘거리던 벤치가 자리를 옮겼어
까딱까딱 인사하고는
뭉클한 가슴 접어 깊숙이 욱여넣는 무대

비어 있는 의자도 있었어
배롱나무 꽃잎은 바람결 음악
새 소리엔 수줍음이 느껴져
하늘을 나는 미소 본 적 있어

휠체어 바퀴의 건강함
공전의 소리에
자전으로 화답하는 운동장의 웃음소리
지구를 돌아 스르륵
스르륵 구르는 굴렁쇠의 향연

앉아서 쇼핑하기

집합 금지 부작용이 돌파구를 찾는다

마스크 쓴 얼굴과 교류

제한된 생활이 정상이다

알 수 없는 표정

욕구불만이

마음마다 새로운 바이러스의 출몰을 예고한다

일상에 온라인에 거침없이 감염된다

바이러스의 입맛에 채널을 맞추고

장바구니를 채운다

상품은 고품질로 그러나 어떻든 상관없다

상품 2종에 피자 쿠폰 1장

k-카드 5% 할인

오늘은 우울한 대어라도 낚일까

신상은 기분 전환에 그만이지만

날 쇼핑하려는 그와 눈부터 맞춰야 해

지금은 반 너머 소모한 쇼호스트의 안간힘

내 손가락의 속도는 신기록을 작성한다

남는 시간으론 뭘 할까

유행은 지킬 게 많은 위험한 종족

경계할수록 나는 침범당하는데

밖에 누구세요

날 쇼핑하려면 지금이에요

귀여운 위반

불로소득으로 갑자기 화사해졌다
우리 먹을까 입을까
부푼 기대에 일상이 싱숭생숭해졌다

그래
우리가 때론 느긋했던 척했던 것
자동문의 과장된 미소가 망설이게 했지만
사소한 척 별거 아닌 척
서너 그릇의 만족을 주문하면

포장으로!
"밥은 집에 있어요"
본의 아니게 던지는 허풍도 가끔은
작은 위안이 되곤 했지

나 하나 빼고 둘 셋 넷
얼굴도 팔도
제가끔 다른 화끈거림
식탁 위 상상은 늘 정해진 숫자 놀이
우리는 둥글게 둥글게

즐거운 반죽이 되곤 했지

이 가지 저 그늘
집이 바람을 찾아 움직여
서로의 창틈을 벌려 놓는 수다
발랄해질까
다소곳해질까
그래서 오월은 행복한 위반

클립의 날들

뭉치기 싫어?
그럼 흩어져야지
거기서 각자 교훈을 얻을 거야

여기저기 누구 있습니까
거기 대답 좀 하세요
모였을 때만 오롯이 가능한 것들
그걸 균열을 모으는 상황이라 했어

중심이 없다면
변두리로 떠밀려 나갈 몸과 몸
한 무더기 수국을 일상이라 못 박고 싶었지만
만족할 수 있는 꽃의 여백을 맺진 못했어

나는 흩어짐을 방지하는 임무를 사랑해야 해

심심해
근육질의 소 가우르를 송곳으로 찔러 보았어
단단한 몸은 다행이라 여길 만해
통제를 위한 통제

한 채 그물로는 구름을 포박할 수 없지

한 개 클립으로는 수많은 목적지를 끼워 넣을 순 없지

소문의 기원

찜통이
달뜬 입을 열었다
수증기 속
무르익은 소문들을 뿜어 올린다

기다렸다는 듯
거실이
식탁이
입맛을 다신다

안개꽃을 닮았어
물방울일지도 몰라
저 기뻐하는 촉각들

호기심 많은 방들이 문을 연다
덜익은 나도
궁금하기 짝이 없는
찜통의 솜씨에 빨려 든다

화분의 꽃들이

신장의 신발들도 입맛 다신다

밑천 없이도 배가 부른
오늘의 메뉴

깨진 바다

동강 난 거울을 물속에 던졌다
깨진 바람과 파도가 일더니
물방울이 하늘의 표정을 붉게 적셨다

물속에 거울을 묻었다
먼 곳으로부터 흘러든 핏빛 물결
수평선의 허리가 꺾였다

붉은 거북이 빨간 물고기
기웃기웃 선회하는
갈매기의 눈에 괸 붉음

한 사람이 거울을 본다
거울 속에서 커피 한 잔을 길어 올린다
거울을 반으로 접는다

해 설

둥지에 갇힌 새

차성환(시인, 한양대 겸임교수)

오유정 시인은 육체에 갇힌 자의 형상을 그려 낸다. 그
의 시에 나타난 초현실주의 화폭과도 같은 이미지의 전경
은 불가해한 '나'에 대한 낯설고 이질적인 감각의 표현이다.
그는 육체라는 굴레에 묶여 있는 자유로운 영혼에 대한 딜
레마에 사로잡혀 있다. 자신의 몸을 한없이 웅크린 채 오랫
동안 스스로의 내면을 응시해 온 결과일 것이다. 자기 존재
의 새로운 이행을 위해서는 이 고립에서 벗어나야 한다. 내
가 갇혀 있는, 이 육체의 한계 너머로 자신을 투신하는 것
이 그의 시적 모험이라 할 수 있겠다. 그것은 이해할 수 없
는 현기증과 어지럼증을 동반한다. 때로는 타자에 의해 몸
이 찢기고 피 흘림과 상처를 동반한다. 하지만 시인은 용감
하게 자기를 열고 세계와 대면한다. 불가해한 세계와의 만

남을 기록한다. 오유정의 시가 자아와 세계를 융합하는 동일성의 서정을 간직하고 있으면서도 타자와의 만남에서 오는 불일치의 찢김을 곳곳에 아픈 언어들로 부려 놓는 이유가 여기에 있다.

잠에서 깨지 마라
방이 모래에 묻혔다

오늘부터 내 사물의 몸은
모래로 지은 것들
싫증 나면 손바닥으로 쓰윽
그러면 나도 모래 알갱이

모래를 막고 꼬박 밤을 샌
허기는 벗어 팽개친 주름을 닮았지
모래로 지은 바지와 티셔츠
지워져 바닥을 뒹굴면
모래알 내 눈에선 모래알 눈물

벽에 걸린 거울에서 뛰쳐나온
낙타 한 마리
숨 쉬면 쏟아지는 모래알
발굽에 매달린 사막이 슬퍼져

모래 속을 뒹굴다

바람 불면 날아가 살고 죽는

참 특별한 상황의 일기

　　　　　　　　　　　—「사활」전문

　'나'는 "모래에 묻"혀 있는 "방" 안에 있다. 내가 가진 모
든 "사물"은 "모래"로 지어진 것들이고 그것을 만져 보려
고 "손바닥"을 대면 내 몸도 "모래 알갱이"로 변해 버린다.
"방" 안으로 "모래"가 육박해 들어온다. "모래"를 간신히 막
아 내며 "꼬박 밤을" 새는 '나'는 생의 "허기"에 시달린다.
'나'의 몸 자체가 거대한 "허기"로 변해, 마치 황폐한 "사막"
에 "팽개친 주름"의 형상으로 남아 있다. 모든 존재가 "모
래"로 변한다는 상상력은 얼마나 끔찍한가. 우리의 몸을 포
함한 세계의 사물들은 우주의 먼지로, 티끌로 이루어져 있
으니 세계는 "모래"로 무너져 내릴 것이다. "방"의 "사막"화
에서 오는 절망과 "허기"는 존재의 소멸에 대한 위기감에서
비롯한다. 이 시에는 '나'라는 존재가 "모래"로 사라진다는,
죽음에 대한 인식이 분명히 담겨 있다. 그렇기에 이 "모래"
"사막"을 어떻게 헤쳐 나가야 하는지가 바로 사활死活, 죽
느냐 사느냐의 문제이다. 또는 사활沙活, "모래" "사막" 속
에서 살아가는 길이기도 하겠다. 그것은 곧 죽음으로 사라
질 수밖에 없는 모든 살아 있는 존재가 직면하는 문제이다.
"참 특별한 상황의 일기"일 수밖에 없다. '나'는 "모래로 지
은 바지와 티셔츠"를 입고 "모래알 눈물"을 흘린다. 급기야
"벽에 걸린 거울에서" "낙타 한 마리"가 걸어 나와 "사막"으

로 변해 버린 이곳을 배회한다. 불모지와 같은 "사막"이 바로 자기 생生의 토대라는 사실을 깨달을 때, 이는 형벌에 가까울 것이다. "모래"라는 물질로 한계 지어진 육신이 바로 '나'의 생生의 조건이라는 것을 깨달았을 때 우리는 슬프지 않을 수 있을까. 이 "모래" "사막"은 육신의 죽음과 소멸을 인식한 한 인간이 경험한 내면의 진풍경이다.

무엇이 기울고 있는 걸까
손잡이를 돌리고 비틀어도
속내를 보이지 않는 문이 있다

여린 심장을 위해 닫아 놓은 문
한 번도 열린 적 없다 했다

저 말고 비치지 않는 거울처럼
안으로 안으로만
온몸으로 두드려 보는 것이었으나
손마디 끊어져 나가는 소리

새 한 마리 파르르
심장 속 새장 속에 깃들었던
여린 날개로 비상을 꿈꾸었으나
닫힌 광경만 보고 자랐을
비루한 털이 경계심의 증거

새 한 마리 파르르
심장 안 새장 속에 깃들었던
여린 날개로 비상을 꿈꾸었으나
닫힌 광경만 보고 자랐을
비루한 털이 바로 경계심의 증거
화들짝
심장 속 고요가 탈주를 목도한다

몸뚱이만큼 커진 눈으로
둥지의 바깥을 두리번거린다
더 이상 머뭇거릴 명분은 없다
심장의 중심에 촛불 하나 밝힌다
어디든 겹겹이다

—「심장에 갇히다」 전문

　여기 좀처럼 열리지 않는 "문"이 있다. "문"의 "손잡이를
돌리고 비틀어도/ 속내를 보이지 않는"다. 어떻게 해서든
지 그 안으로 들어가려고 "온몸으로 두드려 보"지만 "문"은
열리지 않고 오히려 두드리던 내 "손마디 끊어져 나가는 소
리"가 난다. "한 번도 열린 적 없다"고 하는 이 "문"은 "여
린 심장을 위해 닫아 놓은 문"이다. 이 "문"은 외부에 실제
로 있는 "문"이 아니라 '나'의 내부에 있는 보이지 않는 "문"
이다. "심장"은 모든 생명 활동에 있어서 중심이 되는 기관
이다. 온몸에 혈액을 순환시켜 최소한의 생존을 위해서 반
드시 작동해야 하는 "심장"은 생명을 위한 최후의 보루이기

도 하다. "여린 심장"은 '나'라는 존재의 최종 심급으로서의 진정한 자아를 의미할 것이다. 진정한 '나'와의 대면은 쉽게 이루어지지 않는다. 영혼의 "새 한 마리 파르르/ 심장 속 새장 속에 깃들었"을 때, '나'에게는 최초로 생명의 박동이 시작되었을 것이다. '나'는 "둥지"에서 새로 태어난 "새"처럼 "여린 날개로 비상을 꿈꾸었"을 테지만, 육신 자체가 가지고 있는 한계가 자유로운 "비상"을 가로막았을 것이다. "문"은 닫혀 있을 때 '나'를 가두는 감옥인 동시에 외부의 적으로부터 스스로를 보호하는 요새가 된다. 안정감을 주고 위험으로부터 미연에 방지해 준다. "문"이 열렸을 때 "문" 내부의 안정감은 깨어지지만 비로소 "문"은 "둥지의 바깥" 세계와 연결되는 통로가 된다. "심장"에 갇혀 있을 때 '나'라는 존재는 보존되지만 모든 가능성은 가로막힌 채 사장死藏된다. 그것은 감옥 속에 갇힌 존재에 다름 아니다. 내부에 고립된 채 자기 생명의 연장에만 몰두하는 존재를 진정 살아 있다고 말할 수 있을까. '나'는 내 안에 무언가 "기울고 있는" 것을 느낀다. 오랫동안 갇혀 있던 "둥지의 바깥"을 향해 "몸뚱이만큼 커진 눈으로" "두리번거"리는 "여린 날개"의 "새"를 발견한 것이다. "심장의 중심에" 밝혀진 "촛불 하나"는 이제 세상의 바깥으로 나가려는 의지의 표명이다. "둥지의 바깥"에 놓인 세계와 그곳의 타자를 만나려는 시도는 위험을 동반하지만 이 위험을 통해 '나'는 영원히 갇힌 자가 아니라 변화를 통해 또 다른 존재로 나아갈 수 있다. 그러나 이는 쉬운 일이 아니다. 내가 갇혀 있는 "둥지"는 견고

하게 "어디든 겹겹"으로 쌓여져 있다. 자기 존재가 가진 한
계를 뚫고 나오려는 시도는 고통스러운 일일 수밖에 없다.

등에 얼굴을 묻고
흔들리는 척추를 따라가다
눈물을 받아먹는 물고기 되었다

둥글게 휜 숨결
새벽을 여는 발소리 추운데
말갛던 이슬 시퍼런 자갈 되도록
둥지를 뜨지 못한 새들
품었던 숨소리 겨우 날려 보내는

누가 파헤치고
누가 쌓아 올린 걸까
물과 돌
참 곤란한 탑 하나
별빛 의미심장한 물속을 빠져 나오는데

골 깊은 이마의 골짜기가
스쳐 지나는 빛을 머뭇거리게 하는

내 노래는
두런두런 블랙홀에 맺힌 물방울

몸속 수맥을 따라
발굴되지 않은 어둠을 한 올씩
휘감듯 뽑아내는 것
그러다가
물방울 터지는 내력 뒤쫓는 것

그때 그
잘 익은 과일 한 개 터뜨리면
먹어 본 적 없는 길이 열리곤 했지

과즙이 뚝뚝 흐르며
맨몸을 다 적시는 눈물의 맥을 짚어 내곤 했지
　　　　　　　　—「안단테, 안단테 그러다가 포르테」 전문

　오유정 시인의 시에는 몸에 대한 감각이 유독 많이 등장
한다. 기존의 '나'를 벗어나 또 다른 '나'를 얻기 위한 고투는
내가 갇혀 있는 이 몸을 자세히 바라보고 관찰하는 데서 시
작된다. 스스로의 몸을 들여다보고 남다른 감각과 사유를
끌어낸다. 몸은 감옥이기도 하고 놀이터이기도 하다. '나'
는 내 몸속에서 혼자 유영하는 "물고기"를 발견한다. 마치
어항에 갇혀 있는 것처럼 "등에 얼굴을 묻고/ 흔들리는 척
추를 따라가다" '나'의 "눈물을 받아먹는 물고기"를 포착한
것이다. 어찌 보면 이 몸은 누군가 "물과 돌"을 재료로 "파
헤치고" "쌓아 올린", "참 곤란한 탑"일 수도 있겠다. 그리
고 그 "탑" 위에는 아직 "둥지를 뜨지 못한 새들"이 깃들어

있을 것이다. '나'의 "노래"는 이 불가해한 몸의 비밀을 밝히는 데 있다. 그것은 눈동자에 맺힌 눈물의 이미지를 연상시키는, "블랙홀에 맺힌 물방울"로 드러난다. '나'의 시詩는 곧내 "몸속 수맥을 따라/ 발굴되지 않은 어둠을 한 올씩/ 휘감듯 뽑아내는 것"이다. "물고기"가 느리게, 느리게("안단테") 유영하다가 "물방울 터지는 내력"을 뒤쫓아 갑자기 템포를 빠르게("포르테") 바꾸는 것과 같다. 그것은 "눈물의 맥을 짚어 내"는 일이고 "눈물"에 담겨 있는 온갖 사연과 "내력"을 뒤쫓는 일이다. 잘 숙성된 "눈물"은 마치 "잘 익은 과일"처럼, "터뜨리면/ 먹어 본 적 없는 길이 열리"는 생生의 진액津液이 된다. 시인은 또 다른 시에서 "눈물"에 대해 이렇게 말한다. "그러니까 눈물은// 물비늘이 물을 밀듯이// 슬픔이 절벽 끝을 오래도록 서성이듯이"(「눈물이 사는 법」) 그렇게 온다. 그렇다면 이 "눈물"의 끝에 궁극적으로 시인이 지향하는 세계는 어떤 모습일까.

> 십 년 전 어느 봄날을 떠올리며
> 우리는 마주 앉았어요
> 처음 만난 그곳
> 우리 집에 왜 왔을까 지껄이며
> 오래 엇갈렸던 웃음을 맞추고
> 함께했었던 사람들도
> 이야기 갈피마다 끼워 넣었지요
> 찻잔은 궁금하다는 듯

둘의 시선 사이로 끼어들곤 했지요

떫고 쓴맛 혹은 단맛

흠흠 우리의 향기에 취하기도 했지요

지루하지도 즐겁지도 않은

창밖과 시계의 변화들

찻잔 속의 매화 꽃잎은

우리들의 대화 속을

느리거나 빠르지 않게 빙글빙글

시간의 생존을 위해 마신 차를 또 마셨지요

저녁 해의 지루한 표정

우리가 절지를 했던 이별의 가지들이

말도 꺼내기 전 싹을 틔우더니

금세 꽃을 피웠더라나

—「봄날은 갔다」 전문

  헤어진 연인에 대한 이야기인 듯하다. "십 년 전 어느 봄날"을 추억하면서 "처음 만난 그곳"에 "우리는 마주 앉"는다. 둘 사이에는 "오래 엇갈렸던 웃음"과 어떤 사소한 오해도 있었을 것이다. 각자의 기억들을 꺼내 보며 서로 맞춰 보는 과정은 아쉽기도 하고 애틋하기도 할 터이다. "이별" 이후 긴 시간을 떨어져 있었기에 서로 어색함을 지우려는 듯 "찻잔"에 자주 "시선"을 던지기도 한다. 오랜 연인과의 해후에 서로 마주한 이 순간은 "차"의 맛처럼, "떫고 쓴맛 혹은 단맛"으로 감각된다. "우리"는 지금 함께하는 "시간"이 계속 되었으면 하는 마음에 오래도록 "차"를 마신다. 이 둘을 지켜보는 "저녁 해"가 "지루한 표정"을 짓고 있지만 그들에게는 그동안 나누지 못한, 보이지 않는 마음이 격렬히 오가는 시간일 것이다. "우리"가 잘라 버렸던 "이별의 가지들"은 그 오랜 시간과 공간의 단락에도 불구하고 다시 사랑의 "싹"을 틔워 낸다. 둘이 나누었던 사랑의 시간들과 "이별"의 장면, 각자의 삶을 살아왔던 시간들이 모두 응축되어 이곳에서 "꽃"을 피우는 것이다. 이미 끝나 버리고 죽은 줄 알았던, "우리가 절지를 했던 이별의 가지들"에서 "금세 꽃"이 피어나면서 다시 생명이 움트고 사랑의 가능성이 활짝 열리게 된다. 연인들이 뜨거운 사랑을 나누던 합일의 순간은 가려져 있지만 이 "꽃"을 통해 못다 한 사랑의 흔적을, 그 사랑의 가능성을 우리는 엿볼 수 있을 것이다. 서로의 유한한 몸을 뛰어넘어 서로에게 가닿고자 하는 오래전 연인의 꿈은 "꽃"으로 현현한다.

오유정 시인은 자아와 타자가 합일하는 동일성의 순간을 손쉽게 그려 내지 않는다. 죽음과 소멸로 귀결되는 육체의 한계 너머로 타자와 만나기를 희구하지만 손쉬운 해탈과 갈등의 해소로 나아가지 않는다. '나'라는 유한성 내에서 그것을 꿈꾸어야 한다는 사실을 분명히 한다. 어떤 환상으로 우리의 단락을 봉합시키는 것이 아니라 분리되어 있는 상황 자체를 그대로 그려 낸다. 사랑과 합일의 순간이 아닌, '나'를 초과했던 순간이 지나간 후의 헛헛한 시간을 기록한다. "너는 누웠고 나는 엎드려 있다". 결국 "붙어 있지만 따로 서 있는 우리"(「풍등」)에 대해서 이야기한다. 고립되어 있는

'나'의 시간을 견디고 지켜 내는 것. 우리는 이제 초라하고 쓸쓸해 보이는 어느 역사驛舍를 맴도는 시인의 모습을 마주할 수 있게 된다.

희미해진 불빛, 역 근처 석공의 망치 소리에 호남선 열차
가 탄력을 받는다 기적 소리와 망치 소리가 처마 끝에 대롱
대롱 매달려 있는 역사驛舍

먼지 뒤집어쓴 맨드라미와 돌 쪼개는 소리에 귀청을 털던
맞이방을 빠져나오는 사람들 손에 망울망울 새 소식이
들려 있기도 하던
꽃샘추위가 찾아오면 더욱 누렇게 마을을 바라보던
돌 틈을 비집고 나오는 파릇한 새싹을 찾기도 하던
침묵과 침묵 사이, 기적 소리의 파편들이 선로 위를 구르던
자갈들이 잠시 불빛을 당겨 몸을 달구어 보기도 하던
열차 한 량이 지나가면 역무원이 개찰구를 닫고 역사驛
舍를 살피던
조금은 둔탁한 손으로 역무 일지를 적어 두던
애처로운 마음이 구석구석에 쌓이던
마른 가지가 빛바랜 소리를 내어 가느다랗게 떨며 맞이
방으로 찾아들던
언 손 녹이며 사람들이 하얀 말들을 주고받던

낡은 기적 소리 따라 옛 기억들이 서서히 자라는
　　　　　　　　　　　　　　　　　　　　　　─「황등역」전문

102

시의 소재가 되는 "황등역"은 실제 전라북도 익산에 있는 간이역으로 1912년에 지어진 오래된 역사를 가지고 있다. 한때 여객을 취급했으나 지금은 화물만 운송하는 역으로 인적이 드문 곳이기도 하다. 많은 사람들로 붐비었을 "황등역"은 이제 쓸쓸한 풍경으로 남아 있다. "희미해진 불빛"과 "근처 석공의 망치 소리"만 남은 곳. 떠나고 돌아오는 사람들이 각자의 사연을 품었던 이곳에는 수많은 만남과 이별, 설렘과 슬픔이 교차했을 것이다. "맞이방을 빠져나오는 사람들 손에 망울망울 새 소식이 들려 있"고 또 사람들은 희망처럼 "돌 틈을 비집고 나오는 파릇한 새싹을 찾기도" 했을 것이다. 여객들로 북적이던 시절도 잠시, 서서히 이용하는 사람들도 줄어들고 역사驛舍가 한산해지기 시작할 때 누군가는 "애처로운 마음"으로 추억이 서려 있는 "황등역"을 바라보았을 것이다. "언 손 녹이며" "하얀 말들을 주고받던" "사람들"은 이제 사라지고 없다. 시인은 "황등역"의 쓸쓸함과 적막함을 들여다본다. 그것은 "황등역"의 소멸인 동시에 우리의 삶이 소멸하고 있다는 것을 알려 주는 풍경이기도 하다. 하지만 반대로 "황등역"은 "낡은 기적 소리따라 옛 기억들이 서서히 자라는" 공간이기도 하다. 죽음과 폐허의 공간이 아니라 우리가 함께 사랑하고 꿈꾸었던 순간들을 품은 "기억"들이 서려 있는 곳이다. 이 "황등역"은 우리의 육신에 대한 비유가 아닐까. 우리는 소멸할 수밖에 없는 한 줌 삶을 부여잡고 살아간다. 타자에게 열리지 않는 닫힌 문으로는 우리에게 어떠한 사랑도, 어떠한 꿈도 주어

질 수 없다. 오유정 시인은 '나'라는 자아의 고립에서 벗어
나 타자에게 나아갈 것을 요청한다. 자신에게만 고립되어
있던 아픈 시간을 건너와 타자와의 만남으로 나아갈 때 비
로소 한 인간은 '우리'를 꿈꿀 수 있는 다른 존재로 탈바꿈
할 수 있는 것이다.

　오유정 시인의 시집 『우리는 따로 서 있다』에는 이러한 시
적 인식의 과정이 고스란히 담겨 있다. 자기 고립의 격렬한
언어와 타자 지향의 서정적 언어가 한데 어우러져 있는 것
이 큰 특징이라 하겠다. 그의 시詩는 소멸할 수밖에 없는 숙
명을 지닌 존재의 아픔으로 끓어오른다. 그 사이에 홀연히,
"해가 떨어지던 그리움의 저 안쪽/ 나를 저미며 지나가는 에
움길"(『바구니 속 주름』)이 떠오른다. 그것은 소멸하는 존재들
을 끌어안으려는 사랑의 마음이고 사람에 대한 깊은 그리움
의 길이다. "마른 조각 한 잎 입을 가리고 우리는 사막의 자
갈길을 걷는다"(『낯선 시선』). 우리는 그의 시집이 펼쳐 놓은
"사막의 자갈길"(『낯선 시선』)과 "숲"(『숲의 밀입국자』)을 헤매는
중에 "둥지를 뜨지 못한 새들"과 "눈물을 받아먹는 물고기"
(『안단테, 안단테 그러다가 포르테』), "한 마리 어린 낙타"(『젖은 등』)
를 발견하게 될 것이다. 그리고 그 아픈 몸짓들이 바로 당
신을 향하고 있다는 것을 기억해야만 한다. 우리 안에 갇힌
'새'가 울고 있다는 것을. 둥지 바깥을 꿈꾸는 '새'가, 당신
을 간절히 만나고자 하는 '새'가 날갯짓을 하고 있다는 것을.